LE PAYS
DES NEIGES

Données de catalogage avant publication (Canada)

Delaunois, Angèle

    Le Papillon des neiges
    (Collection Plus)
    Pour les jeunes de 7 à 9 ans.
    ISBN 2-89428-380-6
    I. Titre.

SP8557.E433P36 1999   jC843'.54   C99-940787-2
SP9557.E433P36 1999
PZ23.D44Pa 1999

L'éditeur a tenu à respecter les particularités linguistiques des auteurs qui viennent de toutes les régions de la francophonie. Cette variété constitue une grande richesse pour la collection.

Directrice de collection : **Françoise Ligier**
Maquette de la couverture : **Marie-France Leroux**
Mise en page : **Lucie Coulombe**

Les Éditions Hurtubise HMH bénéficient du soutien des institutions suivantes :
– Conseil des Arts du Canada.
– Programme d'aide au développement de l'industrie de l'édition.
– Société de développement des entreprises culturelles au Québec.

© Copyright 1999
Éditions Hurtubise HMH ltée
1815, avenue De Lorimier
Montréal (Québec) H2K 3W6 Canada
Téléphone : (514) 523-1523

ISBN 2-89428-380-6

Dépôt légal/3e trimestre 1999
Bibliothèque nationale du Québec
Bibliothèque nationale du Canada

Imprimé au Canada

LE PAPILLON DES NEIGES

Angèle Delaunois

Illustré par
Béatrice Leclercq

Collection Plus
dirigée par Françoise Ligier

Angèle DELAUNOIS écrit depuis une dizaine d'années. « J'adore, dit-elle, les animaux, alors j'ai commencé en écrivant des livres documentaires sur les oiseaux et les mammifères qui m'entourent. » Angèle est aussi une passionnée de contes ; quand elle était petite, elle dévorait tous les livres de contes qui lui tombaient sous la main et depuis elle n'a jamais cessé d'en lire. Les contes sont une grande source d'inspiration pour elle.

Finaliste au prix Christie en 1998 pour *La Chèvre de M. Potvin* (Soulières Ed.), Angèle Delaunois a été lauréate du prix du Gouverneur général du Canada, cette année-là pour *Variations sur un même « t'aime »* (Héritage).

Béatrice LECLERCQ a commencé son métier d'illustratrice dans des ateliers de tapisserie. C'est à Aubusson, en France, qu'elle a créé pendant plusieurs années des personnages et des motifs décoratifs avec la laine et le coton.

Béatrice dessine mais elle écrit aussi. Elle a écrit et dessiné *Le Navire volant*, *La Grotte* (Kaléidoscope). Dans la collection Plus, elle a illustré aussi *Ulysse qui voulait voir Paris*, *Kouka*, *L'Écureuil et le cochon*, *Chèvres et Loups* et *Le Bonnet bleu*.

1

La princesse
aux papillons

C'était il y a bien longtemps, dans un tout petit royaume perdu entre l'Alaska et le Canada.

Ce pays minuscule était gouverné par un roi sage et solitaire. Dans sa jeunesse, il avait rencontré une magicienne des neiges, dont il était tombé follement amoureux.

Pendant quelques années, ils avaient vécu heureux dans le palais du roi et une petite fille leur était née.

Mais la magicienne appartenait au royaume des glaces. Elle était immortelle et prisonnière à jamais des sortilèges de son maître, l'hiver. Le cœur brisé, elle avait dû repartir dans sa maison de glace, perdue au milieu des Collines Blanches, dans l'immensité désolée de la toundra. En pleurant, elle avait confié à son bien-aimé le soin d'élever tendrement leur fille.

La petite princesse était la plus belle enfant que l'on puisse imaginer. Avec ses boucles couleur de miel, ses grands yeux dorés, son teint de porcelaine rose et son sourire enjolivé de fossettes, elle était le rayon de soleil de tous ceux qui l'entouraient. Son père en était fou.

Plusieurs années passèrent. La princesse allait avoir dix ans. Elle grandissait sans problème, choyée et admirée partout où elle allait... mais, contrairement à ce que tout le monde pensait, elle n'était pas totalement heureuse.

Le printemps et l'été, tout allait bien. Les longues journées du soleil de minuit faisaient refleurir les champs de fleurs de la toundra et ramenaient les nuées de papillons qui enchantaient la fillette. Il en venait de partout et de toutes les couleurs. Elle les connaissait tous par leur nom. Il y avait les monarques avec leur livrée orange et noir, les vicerois qui les suivaient de près, les paons de jour et les paons de nuit, les grands sphinx aux ocelles bleus, les éphémères qui ne faisaient que passer... et tant d'autres.

Les papillons étaient les amis de la princesse. Dès qu'elle sortait dehors, ils se posaient sur sa robe et dans ses cheveux. Quand elle marchait, elle avait l'air de danser sur un nuage, au milieu de mille frémissements d'ailes. Semblables à des fleurs volantes, les papillons la suivaient partout. Murmures de velours et caresses portés par le vent.

Durant tout l'été, c'était la fête, et les gens venaient de loin pour admirer cette enfant joyeuse, couronnée d'ailes et de lumière.

Mais lorsque l'automne ramenait le grésil et les dentelles de glace sur le bord des ruisseaux, tout changeait. Par milliers, les papillons s'envolaient dans le sillage des oiseaux migrateurs, vers les pays que l'hiver oublie. Figés par le froid, les retardataires s'engourdissaient et mouraient tous, les uns après les autres. Partout où elle passait, la princesse découvrait leurs petits cadavres desséchés, toutes couleurs évanouies. Son chagrin était immense. Elle se révoltait et plus le temps passait, plus elle détestait l'hiver qui lui volait ses amis si fragiles.

Un jour, comprenant qu'elle ne pourrait jamais rien changer à ce supplice, elle décida de s'endormir à l'automne pour ne se réveiller qu'au printemps suivant. Ainsi, la tristesse ne pourrait plus jamais l'atteindre.

2

Le royaume triste

Or, dans ce tout petit royaume perdu entre l'Alaska et le Canada, l'hiver durait presque six mois. Le roi, qui adorait sa fille, fut très peiné de la perdre ainsi, pendant la moitié de l'année. Il allait très souvent la regarder dormir, mais ce n'était plus pareil. Son rire joyeux ne résonnait plus dans les corridors glacés du palais. On n'entendait plus ses chansons. Et ses danses

au milieu d'un nuage de papillons
n'étaient plus qu'un lointain souvenir.

Le roi devint triste, très triste, si triste que sa tristesse envahit tout le royaume. Les gens s'enfermèrent chez eux. Plus personne n'eut envie d'organiser de fêtes. On n'entendit plus la moindre musique. Privé de joie, le petit pays devint la proie des poudreries, des rafales et des tempêtes. Plus personne ne voulut s'aventurer dans ce désert blanc, livré à la neige, au frimas et au gel.

Le roi, qui était sage, chercha une solution. Ce n'était pas bon pour son moral de perdre sa fille pendant la moitié de l'année. Et c'était aussi désastreux pour les affaires du royaume.

Par un sombre après-midi, alors qu'il se promenait dans son jardin fleuri de givre en ruminant de sombres pensées, un oiseau vint se poser près de lui. C'était un immense corbeau noir. Les plumes de sa collerette avaient des reflets bleus comme la nuit. Le roi lui offrit de l'eau fraîche et des grains de maïs pour le remercier de sa visite. Lorsqu'il eut bien bu et bien mangé, le corbeau lui adressa un message.

— C'est ma maîtresse, la magicienne des Collines Blanches, qui m'envoie près de toi. Elle pense avoir trouvé une solution à ton problème.

— Vais-je la revoir?

— Si tu acceptes de lui rendre visite, ma mission est de te guider vers elle. J'attendrai que tu sois prêt.

Le cœur du roi se mit à battre. Il allait enfin revoir sa reine des neiges, après toutes ces années.

Le voyage pouvait durer des jours et des jours. Il était prêt à aller jusqu'au pôle Nord pour la retrouver.

Il confia la princesse endormie à sa vieille nounou et aux meilleurs officiers de sa garde personnelle. Il s'emmitoufla dans des fourrures blanches. Douze caribous du Labrador furent attelés à son traîneau le plus rapide.

Le roi saisit les rênes et, dans une symphonie de grelots, l'attelage se mit à glisser à vive allure sur la neige.

Guidé par le corbeau, il semblait voler, lui aussi, porté par la poudrerie, sur la blanche solitude des landes glacées.

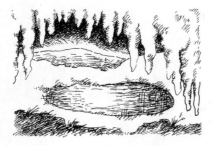

3

Le cadeau de
la magicienne

**Après un très, très
long voyage, le roi
arriva dans les**
Collines Blanches.
La magicienne l'attendait à l'entrée
de sa maison de glace. Elle n'avait
pas changé et l'accueillit avec le sourire des jours heureux. Elle regarda
son roi triste avec une grande tendresse et lui dit :

— Notre fille ne peut pas vivre
sans les papillons.

— Comment cela se peut-il ?

— C'est un don que je lui ai fait à sa naissance pour que l'hiver ne puisse jamais te la prendre. Elle ne sera pas obligée de te quitter, comme j'ai dû le faire, moi.

— Et rien ne pourra briser cet enchantement ?

— Rien, sois sans crainte !

— Mais comment faire alors pour la réconcilier avec l'hiver ? Je n'en peux plus de la voir ainsi, loin de moi, perdue dans ses rêves.

— Je sais comment fabriquer un papillon qui pourrait vivre avec elle tout l'hiver et l'empêcher de s'endormir.

Le cœur du roi se mit soudain à battre plus fort. La magicienne le mit en garde :

— Écoute-moi jusqu'au bout. Le prix que tu devras payer sera lourd. L'énergie qui animera ce papillon viendra de toi. Pour chaque année de sa vie, tu devras me donner un an de ta propre vie. Réfléchis bien avant de me donner ta réponse car, si tu acceptes, le temps pour toi comptera double.

Le roi avait déjà vécu de belles années de joie. Jusqu'au départ de sa bien-aimée, il avait été heureux. Il ne lui restait plus que cette belle enfant qui dormait la moitié du temps. Il n'eut pas besoin de réfléchir long-temps. Il accepta la proposition.

Pendant trois jours, la magicienne s'enferma dans la caverne qui lui servait d'atelier. Et tout le temps qu'elle y travailla, elle pensa à sa petite fille endormie qui vivait à demi.

Quand elle en ressortit, elle tenait entre ses mains une petite cage d'argent qui abritait le plus extra-ordinaire papillon de la Terre. Transparent, le corps constellé de pierreries de glace, les ailes brodées de cristaux de neige, le papillon captait les rayons de la lumière, comme un bijou. Chaque fois que frissonnaient ses ailes, on entendait un joli bruit de cristal, semblable à celui des branches qui s'agitent dans le vent, les soirs de verglas.

— Dès que tu seras rentré dans ton palais, dépose ce papillon près de notre fille. Elle ne tardera pas à se réveiller. Quand le printemps reviendra, enferme-le dans sa cage.

Abrite-le au cœur d'un bloc de glace afin qu'il ne meure pas, car il redoute la chaleur.

— Je veillerai bien sur lui et sur notre belle enfant.

Les deux amoureux se dirent adieu. Ils s'embrassèrent, les yeux noyés de chagrin.

Le souverain remonta dans son traîneau, serrant contre lui le précieux cadeau qui devait redonner le goût de vivre à son enfant.

Guidés par le Grand Corbeau, les douze caribous du Labrador s'envolèrent à nouveau sur la neige.

Emmitouflé dans ses fourrures blanches, le roi se sentit soudain très fatigué.

4

Le papillon
d'hiver

Tout se passa comme la magicienne des Collines Blanches l'avait prédit. Sitôt arrivé, le roi se rendit dans la chambre de leur fille. Il ouvrit la petite cage et libéra le papillon. Quand elle entendit la chanson de cristal de son nouveau compagnon, la princesse quitta ses rêves. Le papillon se posa sur son épaule en caressant sa joue et elle s'éveilla.

Son premier sourire récompensa son
père, qui attendait cet instant depuis
si longtemps.

La fillette fut émerveillée par la beauté du papillon, par ses ailes si finement brodées, par sa jolie petite musique de cristal. Comme un gros flocon, il dansait des arabesques folles dans les moindres courants d'air. Elle se mit à le suivre partout. Grâce à lui, elle avait une raison d'aimer l'hiver et elle se promit d'en découvrir toutes les joies.

Bien sûr, le roi lui raconta d'où venait ce papillon et qui l'avait créé pour elle. Mais il n'alla pas jusqu'au bout de l'histoire, et la princesse ignora le prix qu'il devait payer pour ce cadeau.

Dès lors, la fillette fut très heureuse. Pendant l'été, elle gambadait avec ses amis multicolores dans les prairies fleuries de la toundra.

Et pendant l'hiver, on pouvait la voir
patiner sur les étangs de glace, glisser sur les pentes avec les loutres,

faire la course avec les hermines
blanches, débusquer les lagopèdes
sous leur manteau de neige ou
cueillir des bouquets de glaçons

le long des toits... son inséparable
papillon transparent sur l'épaule.

Le roi avait retrouvé son sourire.
Ses sujets aussi.

5

Le voyage de
la princesse

Plusieurs années passèrent. La petite fille insouciante devint une belle jeune fille au sourire radieux. Elle était intelligente et bonne. Le vieux roi qui n'avait pas d'autre enfant, la préparait pour lui succéder sur le trône.

Comme le temps comptait double pour lui, il se sentait de plus en plus vieux et fatigué. Certains soirs sombres, lorsque le soleil se cachait derrière le voile gris des nuées, il ne trouvait même plus la force de parler. Les années pesaient lourd.

Croyant qu'il était malade, la princesse fit venir les médecins les plus réputés du royaume. Et aussi ceux de l'Alaska. Et aussi ceux du Canada. Mais il n'existait aucun remède pour empêcher le temps de passer trop vite. Comme une feuille morte à l'automne, le roi se recroquevillait un peu plus chaque jour sur lui-même.

La princesse se désolait de voir son père chéri devenir plus silencieux, plus maigre et plus ridé à chaque saison. Elle montait souvent sur la grande tour du château pour confier ses soucis aux nuages et pour pleurer en secret. Elle devint triste, très triste, si triste que la joie déserta le palais et le royaume. Encore une fois.

Un soir d'hiver, tandis qu'elle contemplait la ronde folle des flocons, perdue dans ses pensées moroses, le grand corbeau à la collerette bleu de nuit se posa à côté d'elle. Le temps s'arrêta. Comme son père, quelques années auparavant, elle lui offrit de l'eau fraîche et des grains de maïs.

— Ta mère, la magicienne des Collines Blanches, m'envoie te chercher,

jeune fille. Elle veut que tu cesses de pleurer. Elle a une belle histoire d'amour à te raconter.

Sans perdre un instant, la princesse fit atteler douze caribous du Labrador à son traîneau le plus rapide.

Elle s'emmitoufla dans des fourrures blanches et se mit en route au son des grelots, guidée par le grand corbeau, accompagnée de son inséparable papillon des neiges.

La magicienne l'attendait à l'entrée de sa maison de glace.

Elle regarda sa fille triste avec une grande tendresse et dit :

— Ton père est venu me voir, il y a dix ans. En ce temps-là, tu dormais la moitié de l'année. Il s'ennuyait de tes

rires et de tes chansons. Pour chacun de tes sourires, il a donné un peu de sa vie, puisque c'est son souffle qui anime le papillon des neiges que j'ai créé pour toi. Vas-tu le laisser vieillir ainsi ? Tu lui offres des larmes, alors qu'il espère de la joie. Son cadeau serait-il inutile ?

La princesse, qui ignorait tout de ce marché, fut désespérée. Comme de grosses perles rondes, des larmes se mirent à glisser sur ses joues.

— Fais quelque chose, mère ! Renverse cette magie. Si c'est nécessaire, prends de ma vie les années qu'il te faudra afin de redonner un second souffle à mon père. Je ne veux pas qu'il s'en aille ainsi. Aide-nous !

La magicienne lut la sincérité dans les yeux mouillés de sa fille.

Dans le creux de sa main, elle ramassa les larmes gelées qui parsemaient la robe de la princesse.

— Ce qui a été fait il y a longtemps ne peut pas être défait. Je ne peux que suspendre la magie.

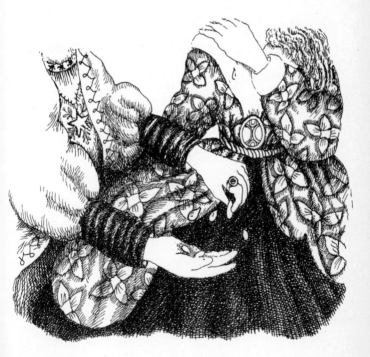

À partir de ce jour, puisque c'est ton désir, le temps de ton père s'écoulera normalement. Mais pour cela, ton papillon des neiges doit mourir. Il faudra que tu apprennes à vivre tes hivers sans lui et ne plus t'enfuir dans le sommeil. Ton père a besoin de toi. Seule ta jeunesse pourra réchauffer les années qui lui restent en ce monde.

6

Le papillon
d'argent

La princesse caressa une dernière fois son précieux papillon des neiges et le rendit à la magicienne. Grâce à lui, elle avait appris à aimer l'hiver et la fabuleuse diversité des saisons. Elle pouvait désormais vivre sans lui. Il y avait assez de joie et d'énergie dans son cœur pour faire régner le bonheur autour d'elle.

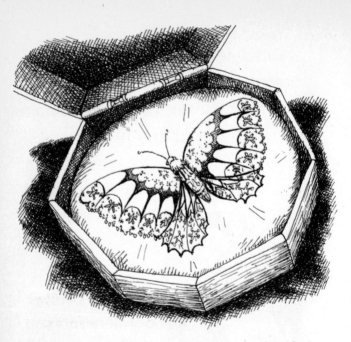

Juste avant son départ, sa mère lui offrit une petite boîte noire... pour la remercier des perles brillantes qu'elle avait cueillies sur sa robe et de l'amour qu'elle avait lu dans ses yeux. Cette boîte contenait un modeste papillon d'argent qui était la réplique exacte, mais inanimée, de son compagnon des neiges.

La jeune fille serra le cadeau sur son cœur. Il était d'autant plus précieux pour elle que personne n'aurait à le payer de sa vie.

Lorsque la princesse retrouva son père, il lui sembla rajeuni. Ses joues avaient repris quelques couleurs, sa taille s'était redressée et il avait l'air moins fatigué.

Ainsi s'achève mon histoire. Le vieux roi vécut encore de belles années auprès de sa fille, ébloui par sa beauté et son intelligence, réchauffé par la chaleur de son sourire. Quand il en eut assez d'être vieux, il se laissa dériver vers un autre monde où la magicienne qu'il aimait toujours l'attendait. Sa vie avait été bien remplie.

La princesse devint reine de ce tout petit royaume perdu entre le Canada et l'Alaska. Elle aimait toujours autant les papillons de l'été. L'hiver, quand la glaciale nuit polaire menaçait son courage, elle regardait le papillon d'argent qui ne la quittait jamais, épinglé à sa robe, tout près de son cœur.

Plusieurs années passèrent. Un autre amour redonna à sa vie les couleurs de l'arc-en-ciel. Elle se maria... Mais ceci, c'est une autre histoire.

Table des matières

LE PLUS DE
Plus

Réalisation :
Angèle Delaunois

Une idée de
Jean-Bernard Jobin
et Alfred Ouellet

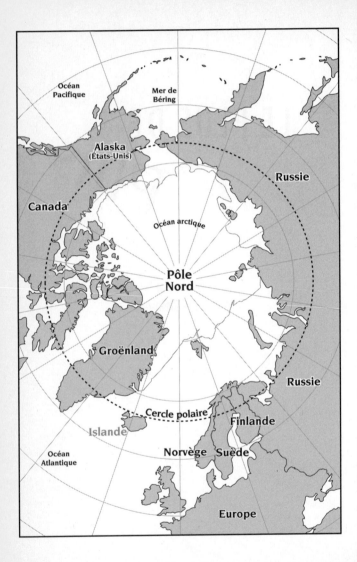

Avant la lecture

Les mots du Grand Nord

Le Papillon des neiges est une histoire qui se passe dans le Grand Nord. C'est un conte nordique.
Voici une liste de vingt mots. Dix d'entre eux appartiennent au vocabulaire du Grand Nord. À toi de les trouver.

Alaska	désert	Irlande	ruisseau
alpage	équatorial	Labrador	sable
arctique	Espagne	océan	taïga
banquise	forêt	polaire	toundra
caribou	glace	poudrerie	tropical

Si tu ne connais pas le sens de certains de ces mots, consulte ton dictionnaire.

Un mot en cache un autre

Voici quelques mots que tu vas rencontrer dans **Le Papillon des neiges**. Les définitions de ces mots sont exactes, mais dans le mot lui-même, il y a une faute : une lettre est à la place d'une autre. Trouve le mot qui correspond à la définition.

1. CORDEAU : Cet oiseau noir est intelligent et il a une bonne mémoire.

2. PAVILLON : Insecte gracieux dont il est beaucoup question dans ce livre.

3. BEIGE : C'est de l'eau, mais sous cette forme, elle est blanche.

4. FLACON : Dans une tempête de neige, il y en a des millions.

5. POUTRE : Mammifère nordique qui aime beaucoup jouer dans l'eau.

6. GERMINE : Sa fourrure est recherchée pour le manteau des rois.

7. GLANONS : Lorsqu'il fait froid, ils pendent le long des toits.

8. LIVRE : Ses fleurs dessinent un jardin d'hiver contre les vitres.

Au fil de la lecture

D'un message à l'autre

Voici huit phrases extraites des dialogues du **Papillon des neiges**. Associe ces phrases avec les personnages qui les ont prononcées.

1. — J'attendrai que tu sois prêt.

2. — Renverse cette magie.

3. — Je veillerai bien sur lui et sur notre belle enfant.

4. — Ton père a besoin de toi.

5. — Elle veut que tu cesses de pleurer.

6. — L'hiver ne pourra jamais te la prendre.

7. — Je ne veux pas qu'il s'en aille ainsi.

8. — Vais-je la revoir?

Personnages :

a. le roi

b. le corbeau

c. la princesse

d. la magicienne

Drôle de message

Le Grand Corbeau a pour mission de transmettre un message au roi, mais il croasse tellement vite que celui-ci a entendu tout de travers. Peux-tu retrouver les mots exacts afin que le roi comprenne bien de quoi il s'agit?

(Tous les mots écrits en caractères gras sont à remplacer.)

«C'est ma **mairesse**, la **praticienne** des **Câlines Planches** qui m'**emploie** près de toi. Elle **danse à boire troublé** une **dilution** à ton **poème**. Si tu **accèdes** de lui **prendre limite**, ma **fission** est **deux** te **limer** vers elle.»

Sur une feuille de papier, écris le message correctement. Tu peux aussi le retrouver dans le conte.

Les différents visages de l'hiver

Aimes-tu les charades? En voici quatre se rapportant à l'hiver. Les réponses sont des mots que tu as rencontrés dans **Le Papillon des neiges**.

1. Mon premier est une des couleurs de l'été.
   Mon second sonne à la messe des morts.
   Mon tout est un mélange de pluie et de neige.

2. On parle tous les jours de mon premier.
   Mon second fait un petit bruit indiscret.
   Mon tout : il y en a plusieurs chaque hiver.

3. Mon premier, c'est l'aspect du café lorsqu'il est moulu.
   Mon second est une céréale appréciée des Chinois.
   Mon tout, c'est la neige lorsqu'elle se transforme en nuage.

4. Mon premier est un rongeur peu sympathique.
   Mon deuxième est une note de musique.
   Mon troisième est un article.
   Mon tout, c'est le vent qui souffle en tourbillon avec la neige.

La devise de la princesse

Un proverbe se cache dans ces lettres étirées comme des glaçons le long d'un toit. Cette maxime célèbre convient très bien à la courageuse princesse. La première moitié se lit verticalement, la seconde horizontalement. Pour la lire, place le livre à la hauteur de tes yeux pour réduire la longueur des lettres.

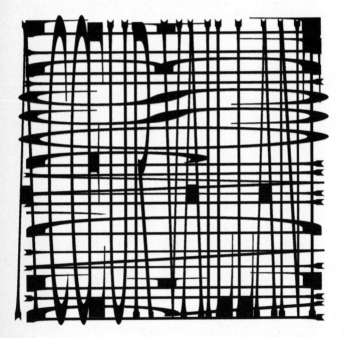

Après la lecture

Vrai ou faux ?

Dans **Le Papillon des neiges**, on fait la connaissance de plusieurs espèces d'animaux. Voici un petit jeu-questionnaire pour tester tes connaissances à leur sujet.

1. Les monarques sont des papillons migrateurs qui descendent du Canada jusqu'au Mexique pour passer l'hiver.
2. Les Lagopèdes des saules vivent toute l'année dans la toundra. Les plumes recouvrent entièrement leurs pattes, jusqu'au bout des doigts.
3. Durant l'hiver, le pelage de l'hermine devient tout blanc avec juste un petit pinceau de poils noirs au bout de la queue.
4. Malgré sa mauvaise réputation, le Grand Corbeau est très utile puisqu'il nettoie le paysage de tous les déchets qui l'encombrent. C'est un oiseau intelligent, hardi et sage qui possède une bonne mémoire.
5. Le caribou est connu dans le nord de l'Europe sous le nom de renne domestique. Il fournit des produits laitiers aux Lapons.
6. Le phoque du Groenland est un grand migrateur. Chaque année, il parcourt plus de 6500 kilomètres en sillonnant l'Atlantique Nord.

Des animaux dans ta poche

Plusieurs animaux nordiques se retrouvent sur les pièces de monnaie et les billets de banque émis par la Banque du Canada. Tu peux les collectionner. Essaie aussi de relier chaque animal avec sa pièce de monnaie ou le billet correspondant. (Attention, l'un d'entre eux se retrouve à la fois sur une pièce et un billet).

Les animaux:

1. le balbuzard (ou aigle pêcheur)
2. le caribou
3. le castor
4. le Huard à collier
5. le martin-pêcheur
6. l'ours polaire

Les pièces de monnaie et les billets:

a. la pièce de 5 cents
b. la pièce de 25 cents
c. la pièce de 1 dollar
d. la pièce de 2 dollars
e. le billet de 5 dollars
f. le billet de 10 dollars
g. le billet de 20 dollars

Les flocons jumeaux

On dit qu'il n'y a pas deux flocons de neige semblables. Pourtant, notre illustratrice en a caché deux dans cette page. Peux-tu les trouver?

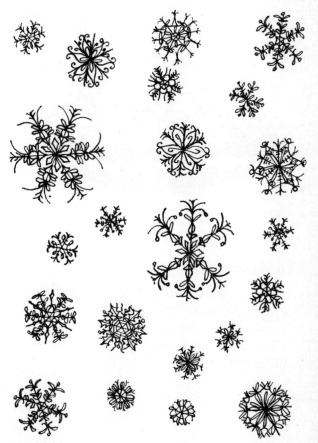

Le délice de la dame blanche

Il existe un dessert délicieux, digne de la magicienne des Collines Blanches. Très rapide et facile à faire, on l'appelle « La dame blanche ». Veux-tu l'essayer ?

Pour 4 personnes, il te faut :

– 4 grosses meringues achetées toutes faites
– 1 tasse de crème à fouetter (35 %)
– 1 sachet de sucre vanillé
– 1/2 tasse de sucre en poudre
– 100 grammes de chocolat.

Ce que tu dois faire :

– Fais fondre le chocolat dans un petit peu d'eau ou de lait de façon à obtenir un coulis.

– Bats la crème au batteur électrique. Lorsqu'elle fait des pics, ajoute le sucre vanillé et le sucre en poudre pour obtenir une crème Chantilly.

– Couvre le fond de chaque assiette avec un peu de chocolat fondu. Ensuite, dépose sur le chocolat la meringue et une grosse cuillerée de Chantilly.

– Pour terminer, tu peux décorer ton dessert avec des tranches de kiwi, d'orange ou encore avec des fraises et des framboises selon la saison.

MIAM ! C'est génial et le succès est garanti.

Le message des papillons de l'été

Chaque papillon de l'été porte sur ses ailes une partie du message. Essaie de reconstituer ce message en entier.

La chanson du lagopède

Le Lagopède des saules est une perdrix blanche qui vit toute l'année dans le Grand Nord. Voici un poème qui t'en apprendra davantage sur ce magnifique oiseau de l'hiver.

Pour survivre dans la toundra,
Il ne faut point craindre le froid.
Dès que les journées rétrécissent
Mon corps s'habille de plumes blanches
Jusqu'à la pointe de mes doigts.
Blotti dans un bosquet de saules,
Je laisse hurler les tempêtes
Recouvert d'un manteau de neige.
Au printemps des belles conquêtes,
Pour me pavaner dans l'air clair,
De roux et d'or mon corps se pare
Sur un jupon qui reste blanc.
Plumage changeant au fil de l'an,
Je suis... LE LAGOPÈDE DES SAULES.

Poème inédit d'Angèle Delaunois

69

Solutions

Avant la lecture

Les mots du Grand Nord
Alaska – Arctique – Banquise – Caribou – Glace – Labrador – Polaire – Poudrerie – Taïga – Toundra

Un mot en cache un autre
Corbeau – Papillon – Neige – Flocon – Loutre – Hermine – Glaçons – Givre

Au fil de la lecture

D'un message à l'autre
1. b; 2. c; 3. a; 4. d; 5. b; 6. d; 7. c; 8. a.

Drôle de message
« C'est ma **maîtresse**, la **magicienne** des **Collines Blanches** qui m'**envoie** près de toi. Elle **pense avoir trouvé** une **solution** à ton **problème**. Si tu **acceptes** de lui **rendre visite**, ma **mission** est **de** te **guider** vers elle. » p. 18.

Les différents visages de l'hiver
1. VERT – GLAS (verglas); 2. TEMPS – PÈTE (tempête); 3. POUDRE – RIZ (poudrerie); 4. RAT – FA – LE (rafale).

La devise de la princesse
« À cœur vaillant, rien d'impossible. »

Après la lecture

Vrai ou faux ?
Toutes les réponses sont vraies.

Des animaux dans ta poche
5 cents = le castor; 25 cents = le caribou; 1 dollar = le Huard à collier; 2 dollars = l'ours polaire; 5 dollars = le martin-pêcheur; 10 dollars = le balbuzard; 20 dollars = le Huard à collier.

Les flocons jumeaux
Les flocons jumeaux sont celui en haut à droite et celui en bas à gauche.

Le message des papillons de l'été
L'hiver arrive. Nous partons vers les pays chauds avec les oiseaux.

Dans la même collection

* Texte également enregistré sur cassette.